Loi numéro 49 956 du 16 juillet 1949 sur les publications
destinées à la jeunesse : novembre 2012
Dépôt légal : novembre 2012
Imprimé en France par Clerc à Saint-Amand-Montrond
ISBN 978-2-211-21112-3

Merci Heiner M. Thérésa B. Bruce L. Floriane D. Gaëtan V. Léa V. Albert M. et Sacha Z. !

anaïs vaugelade

le chevalier et la forêt

l'école des loisirs
11, rue de Sèvres, Paris 6e

Un jour, comme c'est le jour de son anniversaire,
le petit chevalier reçoit une boîte avec, dedans, un pistolet.

WAOUH!

C’est un cadeau de sa grande sœur, qui est princesse à la ville.

Elle n'a pas oublié son anniversaire !!

Le petit chevalier est fou de joie. Il faut qu'il aille la remercier, immédiatement.

La route qui va à la ville contourne la forêt. « Passe par la route, c'est plus sûr », lui a souvent dit sa sœur.
Mais le petit chevalier tient au poing ce pistolet tout neuf. «Je passe par la forêt, ça ira plus vite.»
Et il marche droit en direction des arbres.

Devant lui se dresse une barrière.
« BARRIÈRE ! » dit la barrière.

Le petit chevalier la dépasse,
et poursuit son chemin.

La barrière le dépasse à son tour…

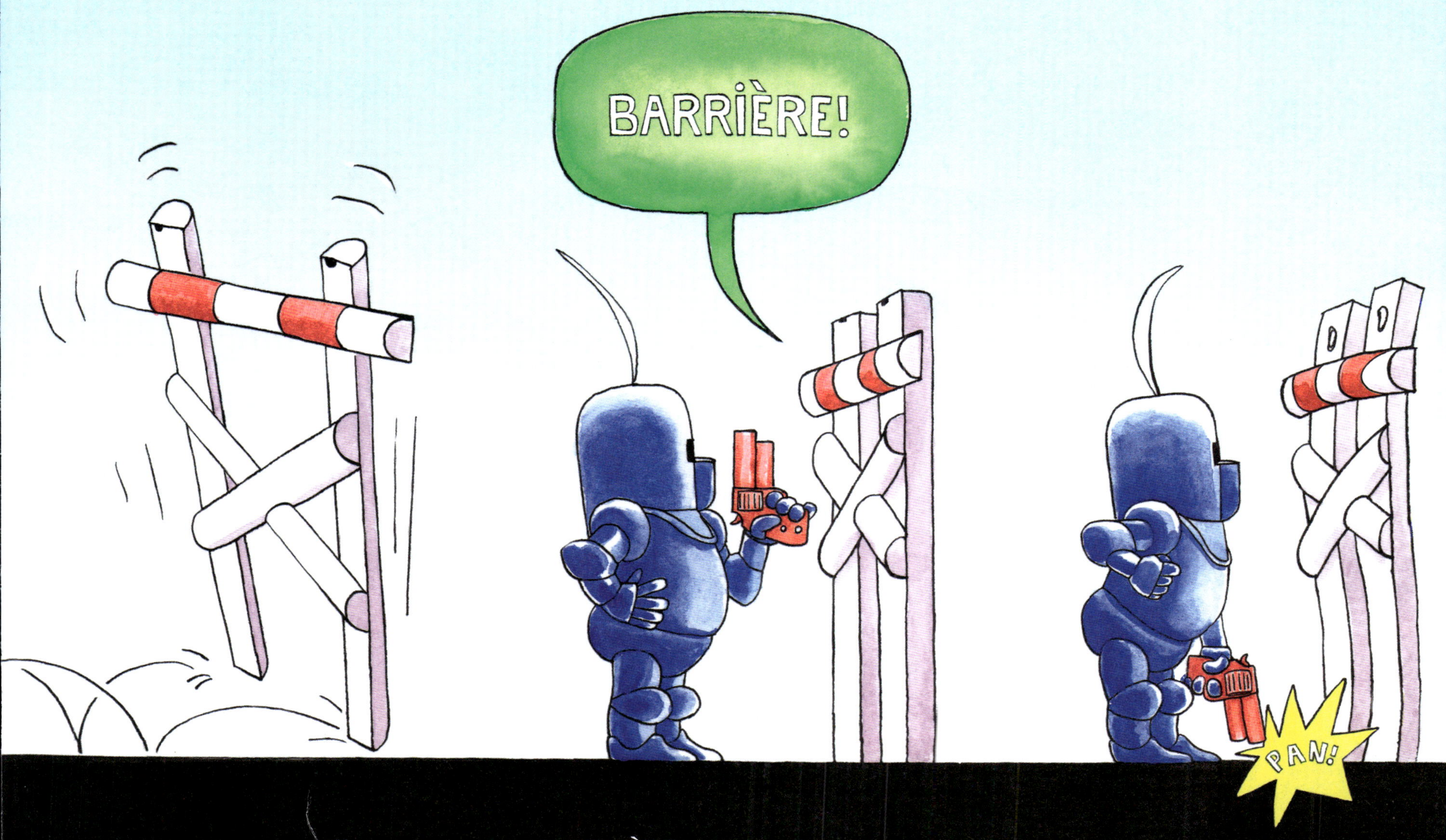

… en sautillant.

«BARRIÈRE!» répète la barrière.
«Laisse-moi aller», répond le chevalier,
«ou je tire.»

La barrière ne bouge pas,
le petit chevalier tire.

La barrière s’enfuit à toutes pattes.
« Cette barrière faisait simplement son travail de barrière », dit une coccinelle derrière le chevalier.
« Ne sais-tu pas que la forêt est dangereuse, pour les petits bonshommes comme toi ? »

« Il paraît », répond le petit chevalier, « mais j'ai ce pistolet que la princesse m'a offert pour mon anniversaire. » La coccinelle soupire.

« Puisque c'est ton anniversaire, moi aussi je veux te faire un cadeau. Je suis coccinelle-fée. Prends trois points de magie sur mon dos, approche tes doigts. Un, deux, trois. »

Le petit chevalier remercie la coccinelle.
Il a un pistolet ET trois points de magie,
il ne redoute rien ni personne.

Il se demande : « Et d'ailleurs,
quelle sorte de danger peut-il y avoir
dans cette forêt ? Une bête, peut-être ? »

Le petit chevalier ne sait pas
ce qu'il aimerait mieux, trouver une bête
dans la forêt, ou ne pas en trouver.

Ce qu'il sait, par contre,
c'est qu'il n'aime pas du tout
que ces feuilles le lèchent.

Plus il les repousse, plus elles l'enserrent et se collent à lui.
Plus elles le collent, plus il les repousse.

«Laissez-moi aller, ou je tire!»
s'énerve le petit chevalier.

Mais une tige souple a poussé
dans le canon du pistolet.
Et une racine agrippe son armure.

Et maintenant une autre
veut entrer dans son heaume.

Heureusement, le petit chevalier
a trois points de magie.

Il presse le premier point et crie :
«Je veux des lames ! »
Deux grands coupe-coupe
jaillissent de ses bras.

Mais un tronc s'écrase sur les lames,
et les plie en accordéon.

Il presse le deuxième point et crie :
« Je veux des flammes ! »
Deux puissants lance-flammes
jaillissent de ses bras.

Mais un autre tronc se couche
sur les flammes, et les étouffe.

Le petit chevalier commence à comprendre qu'il n'y a pas de bête dans la forêt.
La forêt est la bête, et bientôt elle l'aura mâché. Sa sœur ne saura jamais qu'il venait la remercier.
C'est affreux. Et il ne lui reste plus qu'un seul point de magie.

Alors il presse le dernier point, et demande : « De l'eau ? »
Aussitôt il se met à couler, à ruisseler jusqu'au sol.

La terre boit le chevalier, une racine l'aspire, et
le voilà qui mooooonte dans le cœur d'un arbre…

… jusqu’à la canopée où il ressort, en goutte, au creux d’une feuille vert tendre.

Le soleil, qui chauffe fort, l’évapore aussitôt.

Le petit chevalier s'élève dans l'air doux.
Poussé par le vent, il monte, toujours plus haut.

Jusque là où se massent d'autres nuages.
Ici, l'air est plus froid. Le petit chevalier se condense.

Et tooooo[illegible]oo[illegible]oombe en pluie jusque par terre

Encore un peu liquide, il se relève de sa flaque.

La forêt est derrière lui. Devant lui, voilà la ville.
Il est passé par la forêt !

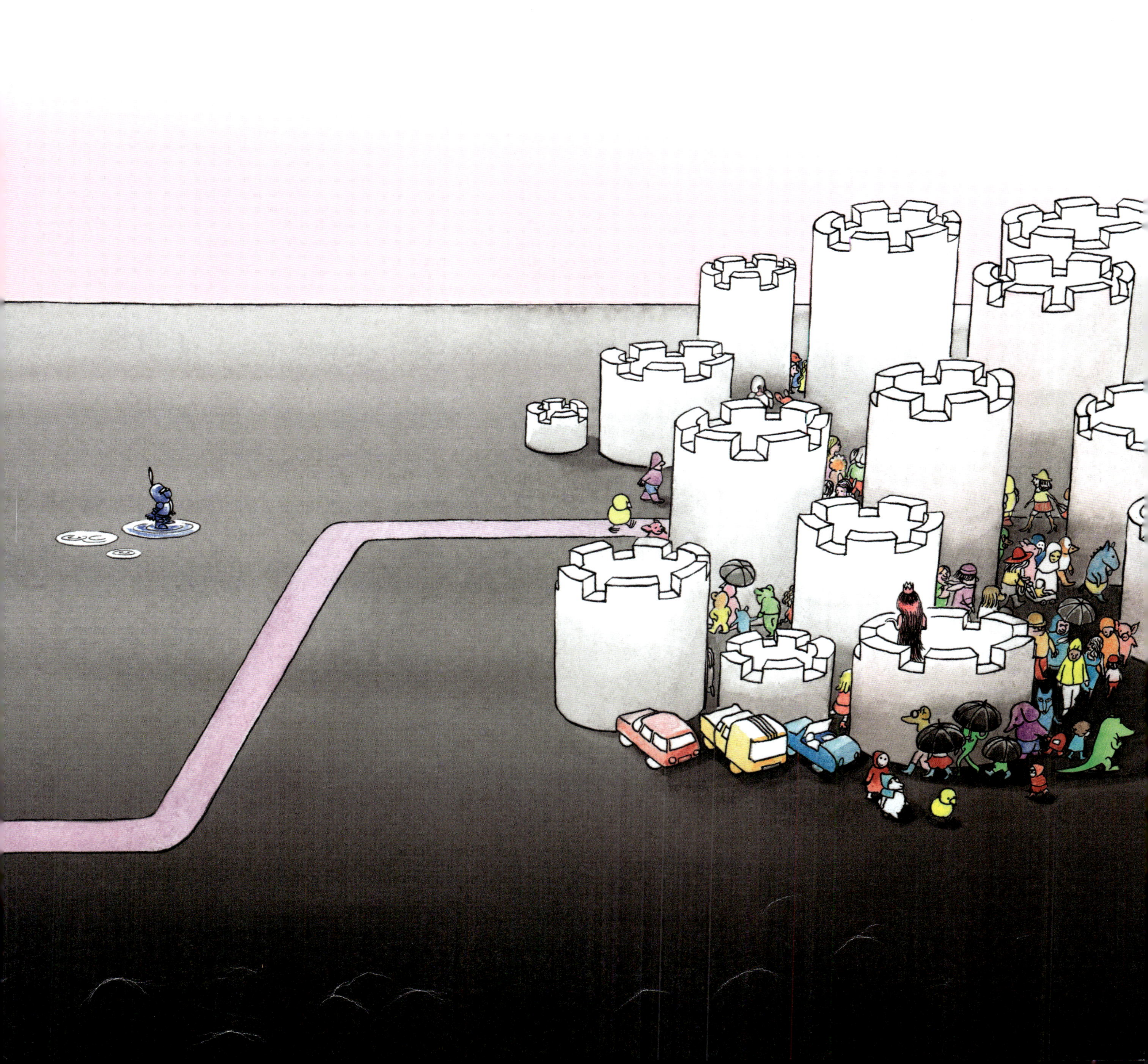

Plotch ploutch plotch ploutch,
le petit chevalier entre en ville.

La coccinelle-fée le rattrape.
«Hé, chevalier!» dit-elle, «j'ai trouvé
ton pistolet à la cime des arbres!»

« Est-ce qu'il fonctionne encore ? »

C'est devenu un pistolet à eau !
« Joyeux anniversaire, mon petit chevalier »,
dit la princesse, « tu es content de ton cadeau ? »

Le petit chevalier répond :